I0686417

PAUL SOLIÉ

LE

BAROMÈTRE

COMÉDIE EN UN ACTE

PARIS

LIBRAIRIE THÉATRALE

14, RUE DE GRAMMONT, 14

1887

LE BAROMÈTRE

COMÉDIE EN UN ACTE

Représentée pour la première fois sur théâtre du Vaudeville,
le 6 janvier 1878.

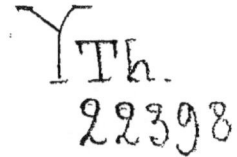

DU MÊME AUTEUR :

DANS UNE ARMOIRE, vaudeville en un acte.

PRENEZ L'ASCENSEUR, vaudeville en un acte.

LA SORTIE DE BAL, (en collaboration avec A. Delacour), comédie en un acte.

IMPRIMERIE GÉNÉRALE DE CHATILLON-SUR-SEINE. — A. PICHAT.

PAUL SOLIÉ

LE

BAROMÈTRE

COMÉDIE EN UN ACTE

PARIS

LIBRAIRIE THÉATRALE

14, RUE DE GRAMMONT, 14

1887

PERSONNAGES

CHAMBRELAN, 30 ans . . . . {	M. Joumard.
	M. Carré.
THIBAUDIER, son ami, 35 ans . . . . . {	M. Carré.
	M. Georges.
MADAME LAUBÉPIN, belle-mère de Chambrelan	Mᵐᵉ Genat.
BLANCHE CHAMBRELAN, sa fille . . . {	Mˡˡᵉ Kalb.
	Mˡˡᵉ Lincelle.
JULIE, femme de chambre	Mᵐᵉ Moisson.

A la campagne, près Paris, de nos jours.

————————

LE BAROMÈTRE

Un salon donnant sur des jardins.

SCÈNE PREMIÈRE

CHAMBRELAN, MADAME LAUBÉPIN, BLANCHE, JULIE.

Au lever du rideau, Julie sert le café et sort, Chambrelan
tient un journal *.

CHAMBRELAN.

Alors, belle maman, vous tenez beaucoup à prendre
le café dans ce salon?

MADAME LAUBÉPIN.

Comment cela?

CHAMBRELAN.

Il me semble que par ce beau temps, on serait
mieux sur la terrasse...

* Ch. assis, Mme L. Bl.

1

MADAME LAUBÉPIN.

Blanche va à son mari.

Vous savez bien, mon gendre, que le grand air me fait mal.

BLANCHE, interrompant son mari.

Tu l'aimes très sucré, n'est-ce pas ?

CHAMBRELAN.

Oui, trois morceaux...

BLANCHE, le servant.

Voilà !

CHAMBRELAN, après avoir bu.

Allons, bon ! On a encore mis de la chicorée dans le café !...

MADAME LAUBÉPIN.

Cela vous contrarie ?

CHAMBRELAN.

Enormément ! Ce n'est pas buvable...

MADAME LAUBÉPIN.

Je pensais vous avoir dit, mon gendre, que le café sans chicorée me faisait mal.

CHAMBRELAN.

Eh bien ! est-ce une raison pour me condamner à en boire ?

MADAME LAUBÉPIN.

Dites tout de suite que vous voudriez me voir malade...

BLANCHE, revient à sa mère.

Voyons, maman !

MADAME LAUBÉPIN.

Non, tu le vois, ma fille, ton mari serait bien aise de me voir souffrante...

BLANCHE.

Il n'a pas dit cela...

CHAMBRELAN *.

Il est si simple d'en faire pour vous spécialement, du café à la chicorée... sans pour cela contraindre les autres à avaler cette médecine.

MADAME LAUBÉPIN.

Les autres ? Mais ma fille est comme moi ; elle partage mes goûts...

CHAMBRELAN, se levant.

Fort bien. Comme il m'est impossible de me passer de café et qu'on ne peut plus en boire ici, j'irai en prendre au cercle ou au café de la Mairie...

MADAME LAUBÉPIN.

Allons donc ! voilà le grand mot lâché. Tu l'as entendu, ma fille... Ton mari ira au café, à l'estaminet. Il y a longtemps que vous cherchiez un prétexte pour pouvoir vous absenter chaque jour, pour délaisser votre maison, votre famille !

CHAMBRELAN, à part.

Allons, bien, maintenant.

MADAME LAUBÉPIN.

Oh ! je sais que votre intérieur vous pèse ! Il n'y a qu'un an que vous êtes marié, et déjà vous avez assez de votre femme, de votre ménage et de moi.

CHAMBRELAN.

Oh ! par exemple !

MADAME LAUBÉPIN.

De moi surtout, je le sais...

BLANCHE.

Ah ! maman, tu exagères : Henri t'aime bien, je

* Ch. Mme L. Bl.

te l'assure ! (A Chambrelan.) N'est-ce pas mon ami ?

CHAMBRELAN.

Certainement ! certainement !

BLANCHE, à sa mère.

Tu vois ?...

MADAME LAUBÉPIN.

Tu défends ton mari, c'est tout naturel, et cependant... Je ne voudrais pas lui dire des choses désagréables, mais enfin, je ne le trouve guère empressé auprès de toi !

BLANCHE.

Oh ! si l'on peut dire...

CHAMBRELAN.

Blanche doit savoir que je l'aime...

BLANCHE.

Oh ! pour cela, oui, maman !

MADAME LAUBÉPIN.

Je veux bien le croire. Après tout, j'ai tort de me mêler de vos affaires... tout ceci te regarde... A l'avenir, je ne m'occuperai plus de rien...

CHAMBRELAN, à part.

Ciel ! si elle pouvait dire vrai !... (Il se rassied, reprenant son journal.) Je reprends alors... (Il lit.) Dernière heure... « Il est inexact que l'ambassadeur d'Angleterre soit reparti pour Londres ; il est toujours à Saint-Pétersbourg. » On télégraphie de Vienne, 6 août : On dément la nouvelle donnée hier.... »

MADAME LAUBÉPIN, l'interrompant.

Cela vous intéresse donc beaucoup la politique ?

CHAMBRELAN.

Moi? pas le moins du monde !

MADAME LAUBÉPIN.

Alors, pourquoi lisez-vous ?

CHAMBRELAN.

Si je vous ennuie, je vais lire tout bas.

Il lit.

MADAME LAUBÉPIN.

Vous n'avez pas, je pense, épousé ma fille pour lire le journal ?

CHAMBRELAN, impatienté.

Non, certes ! si je l'ai épousée... c'est...

MADAME LAUBÉPIN.

Je ne vous demande pas pourquoi... Je ne voudrais pas vous dire des choses désagréables, mais je trouve étrange qu'au bout d'une année de mariage, vous n'ayez plus rien à dire à votre femme.

BLANCHE, à part.

Allons, ils vont recommencer !

CHAMBRELAN.

Comment, plus rien à dire ? Au contraire, j'ai mille choses... seulement vous devez bien comprendre... que je ne puis pas... à ma femme... devant vous...

MADAME LAUBÉPIN.

C'est ça... Je vous gêne, je vous ennuie... dites-le...

CHAMBRELAN.

Du tout, belle maman... Vous ne nous gênez nullement... Au contraire... (A sa femme.) Blanche !

BLANCHE.

Mon ami !

CHAMBRELAN.

Veux-tu me redonner un morceau de sucre, je te prie ?...

BLANCHE, allant à lui.

Volontiers, voilà!

CHAMBRELAN, lui prenant les mains.

Sais-tu que tu étais charmante l'autre soir au bal du sous-préfet ?...

Elle s'assied sur ses genoux.

BLANCHE.

Vraiment ?

CHAMBRELAN.

Tu as dansé quatre fois avec le receveur général et il m'a paru bien empressé auprès de toi...

BLANCHE.

Oh! je n'ai pas fait attention, je t'assure.

CHAMBRELAN.

Oui, mais moi je l'ai bien remarqué. Tu veux donc me rendre jaloux, coquette !

Il l'embrasse.

MADAME LAUBÉPIN *.

Hé bien! ne vous gênez pas... Faites comme si je n'étais pas là... A votre aise... Tenez, j'en rougis pour vous, mon gendre...

CHAMBRELAN, se levant **.

Décidément, belle maman, je ne sais plus que faire... Tout à l'heure, vous ne me trouviez pas assez empressé, assez galant. A présent, vous me défendez d'embrasser ma femme... Tenez, il faut que je vous le dise : Je vous ai promis de venir tous les ans, passer deux mois ici, chez vous, dans votre propriété de Luzarches... Voilà quinze jours que nous y sommes, et certainement, vous me forcerez à partir avant la fin du mois...

Blanche prend la tasse et le sucrier et se rapproche du guéridon, droite.

* Blanche se lève.
** Ch. Mme Laub.

BLANCHE.

Oh! mon ami!

MADAME LAUBÉPIN.

Tu le vois, ma fille, ton mari veut t'arracher à l'affection de ta mère, te conduire à Paris, au lieu de chercher à se créer ici une occupation sérieuse...

CHAMBRELAN.

La place d'architecte de la ville, n'est-ce pas?

MADAME LAUBÉPIN.

Certainement. On vient de la mettre au concours. Que n'essayez-vous de l'obtenir? Ce serait une position charmante pour vous, et cela me permettrait de ne plus vivre séparée de ma fille, car vous m'aviez bien promis...

JULIE. *

Madame...

MADAME LAUBÉPIN, à Julie qui entre.

Qu'est-ce que c'est?

JULIE.

C'est un monsieur qui demande à parler à M. Chambrelan...

MADAME LAUBÉPIN.

A mon gendre?... A-t-il donné son nom?

JULIE.

Voici sa carte, madame...

MADAME LAUBÉPIN.

Jules Thibaudier... docteur en médecine.

CHAMBRELAN.

Tiens, ce cher ami! Qu'il entre!... (A madame Laubépin et à sa femme.) Un de mes anciens camarades de

* Ch. Mme Laub. Bl.

collége, un charmant garçon, marié du reste, à une femme délicieuse, distinguée...

MADAME LAUBÉPIN.

Vous la connaissez ?

CHAMBRELAN.

Non, mais elle doit l'être... D'ailleurs, dans ses lettres, Thibaudier m'en a toujours fait le plus grand éloge...

SCÈNE II

LES MÊMES, THIBAUDIER.

JULIE, annonçant *.

M. Thibaudier !...

CHAMBRELAN.

Arrive donc, mon cher ami, arrive donc ; quelle agréable surprise !

THIBAUDIER.

Oh ! pardon, je te dérange...

CHAMBRELAN.

Du tout ! Ma belle-mère, madame Laubépin... ma femme...

THIBAUDIER, saluant.

Mesdames...

CHAMBRELAN.

Mon ami Thibaudier, un de mes camarades un barbiste, comme moi !... Marié !... Marié !...

Julie emporte le plateau.

THIBAUDIER, bas à Chambrelan.

Ne souligne pas, mon ami... Ne souligne pas !...

* Thibaudier, Chambrelan, madame Laubépin, Blanche.

CHAMBRELAN, surpris.

Tiens ! ..

THIBAUDIER.

Te sachant à Luzarches, je n'ai pas voulu traverser la ville sans venir te serrer la main...

MADAME LAUBÉPIN.

Nous aurions été charmées, Blanche et moi, de faire la connaissance de madame Thibaudier...

CHAMBRELAN.

Une femme charmante, à ce qu'il m'écrivait... charmante !

THIBAUDIER, même jeu.

Ne souligne pas, mon ami, je t'en prie...

CHAMBRELAN, surpris.

Qu'a-t-il donc ?...

MADAME LAUBÉPIN.

J'espère bien, monsieur, que vous nous ferez l'honneur de nous la présenter...

THIBAUDIER, troublé.

Hein ? Parfaitement, madame, parfaitement. Je tâcherai. C'est-à-dire, madame Thibaudier est un peu souffrante en ce moment...

MADAME LAUBÉPIN.

En vérité ?...

BLANCHE.

Mais maman, ces messieurs ne se sont pas vus depuis longtemps...

MADAME LAUBÉPIN.

C'est juste, vous devez avoir à causer. Nous vous laissons, messieurs...

THIBAUDIER, saluant.

Mesdames...

1.

MADAME LAUBÉPIN, à part.

Un ami de mon gendre ! Je le surveillerai ! (Haut.) Monsieur...

Elle salue et sort à droite.

SCÈNE III

CHAMBRELAN, THIBAUDIER.

CHAMBRELAN.

Eh bien ?...

THIBAUDIER.

Tous mes compliments, mon cher ami, ta femme m'a paru charmante...

CHAMBRELAN.

Et ma belle-mère ?...

THIBAUDIER.

Charmante aussi !

CHAMBRELAN.

On voit bien que tu ne la connais pas...

THIBAUDIER.

Ah ! bah ! est-ce que ?...

CHAMBRELAN.

Ah ! mon ami, le caractère le plus désagréable que l'on puisse rencontrer...

THIBAUDIER.

Bravo !

CHAMBRELAN.

Comment, bravo ?...

THIBAUDIER.

Je veux dire, tant mieux. Je t'expliquerai cela plus tard. Pour le moment tu es heureux, c'est l'essentiel...

CHAMBRELAN.

Je viens de passer deux mois adorables ! Songe donc ; deux mois de voyage avec ma femme, sans ma belle-mère. Nous arrivons de Suisse... Nous avons vu Genève, Lausanne... Mais, au fait, tu as dû le faire comme moi, ce voyage traditionnel ?...

THIBAUDIER.

Oui, j'ai été en Suisse, il y a un an, avec madame Thibaudier.

CHAMBRELAN.

C'est juste. Je te parle de moi, et j'oublie que toi aussi, tu es marié.

THIBAUDIER, soupirant.

Oui, je le suis aussi, moi !

CHAMBRELAN.

De quel air tu me dis cela !...

THIBAUDIER.

Ah ! mon pauvre ami, si tu savais !...

CHAMBRELAN.

Quoi donc ?

THIBAUDIER.

Je ne veux pas troubler ton bonheur par le récit de mes aventures conjugales...

CHAMBRELAN.

Tu as eu des revers de ménage ?...

THIBAUDIER.

Des revers... des revers terribles !...

CHAMBRELAN.

Vraiment ?... Est-ce que madame Thibaudier...

THIBAUDIER.

Précisément ! Ah ! mon ami, si j'ai un conseil à te donner, crois-moi, ne te marie pas !...

CHAMBRELAN.

Comment ?

THIBAUDIER.

Ah ! c'est juste !... Non, je veux dire : si l'on connaissait mieux les femmes, on ne se marierait jamais !...

CHAMBRELAN.

Par exemple !... Je proteste, et pour cause...

THIBAUDIER.

Oui, toi tu as eu la chance d'épouser une femme exceptionnelle ; mais tu la connaissais de longue date, tu savais qui elle était ?...

CHAMBRELAN.

Mais non, le mariage s'est fait très vivement, au contraire...

THIBAUDIER.

Comme le mien, alors... trop vivement !

CHAMBRELAN.

Ainsi... ta femme ?...

THIBAUDIER.

Nous sommes séparés depuis trois mois...

CHAMBRELAN.

Séparés !...

THIBAUDIER.

Ah ! c'est toute une histoire. (Ils s'asseyent.) C'est Bourdanchon, tiens, que tu connais, qui me présenta chez les Duruflé... La jeune fille était charmante, élevée au couvent de Vaugirard...

CHAMBRELAN.

Tiens ! comme Blanche !

THIBAUDÏER.

Un air candide, réservé... J'en devins tout à fait
amoureux... On m'autorisa à lui faire la cour... J'au-
rais dû me méfier, mon ami, si j'avais su... Mais
voilà ! on ne sait pas... La mère, comprends-tu, la
mère était charmante pour moi...

CHAMBRELAN.

Je ne vois pas trop quel rapport ?...

THIBAUDIER.

Comment... Quel rapport ?... Mais tu ne sais donc
pas que le caractère de la belle-mère, c'est le baromètre du ménage ?...

Il se lève.

CHAMBRELAN, se levant.

Que me racontes-tu là ?... Le baromètre ?...

THIBAUDIER.

Sans doute !... La belle-mère de sa nature est toujours désagréable...

CHAMBRELAN, passe.

A qui le dis-tu ? La mienne est insupportable !

THIBAUDIER.

Et tu te plains ?...

CHAMBRELAN.

Certes !...

THIBAUDIER.

C'est pourtant là une preuve de la fidélité de ta
femme !...

CHAMBRELAN.

Une preuve ?... Je ne comprends pas !

THIBAUDIER.

Tant que la mère sait que sa fille n'a rien à se re-
procher, elle s'abandonne à son caractère naturel ;

elle fait éclater constamment sa mauvaise humeur ;
elle est ennuyeuse, désagréable, acariâtre... Mais
qu'elle découvre chez sa fille une intrigue quelconque,
un penchant secret, une passion coupable, tu la vois
changer brusquement... Avant tout, il faut sauver
l'honneur de sa famille. Je n'entends pas dire par là
qu'elle sera la complice de sa fille ; non, elle est in-
consciente, voilà tout ; ce qui rend la belle-mère désagréable, irascible, c'est de voir l'affection que son
enfant lui témoignait autrefois se reporter aujourd'hui
sur son gendre... Du moment que cet amour n'existe
plus, que sa fille, entraînée par une autre passion, dé-
laisse son époux, elle n'a plus de raison d'en vouloir
à celui-ci ; aussi l'accable-t-elle de prévenances ; elle
était insupportable, elle devient charmante, elle est
aux petits soins pour lui, et l'on se croit le plus heureux des gendres, lorsqu'on est le plus infortuné des
maris !

CHAMBRELAN.

Quel conte me fais-tu là ?...

THIBAUDIER.

Oh ! je connais à fond le diagnostic du ménage.

CHAMBRELAN.

Comment ? le diagnostic ?

THIBAUDIER.

Sans doute... n'est-ce pas l'art de reconnaître la nature d'une maladie aux symptômes qu'elle présente ?

CHAMBRELAN.

Oui. Eh ! bien ?

THIBAUDIER.

Eh bien ! quel symptôme plus alarmant pour un
mari que l'amabilité de sa belle-mère ? La tienne est
désagréable, dis-tu ? Tant mieux ! c'est une preuve de
la fidélité de ta femme, mais tu verras, le jour où
celle-ci te trompera...

CHAMBRELAN.

Merci bien ! je suis sûr que Blanche...

THIBAUDIER.

On n'est jamais sûr... c'est un malheur qu'on ne saurait éviter... Cela t'arrivera dans six mois, un an... que sais-je ?...

CHAMBRELAN, passe à droite.

Allons, tu veux te moquer de moi !...

THIBAUDIER.

Mais du tout... Rien n'est plus sérieux. J'ai bien été trompé, moi ! Pourquoi ne le serais-tu pas ? Il n'y a aucun mal à cela ; ce n'est pas de notre faute ! C'est fatal !

CHAMBRELAN.

Tu es ridicule avec tes théories !...

THIBAUDIER.

Je te dis la vérité ; tu peux me croire.

CHAMBRELAN.

Non. Tu finirais par me rendre jaloux, et je ne veux pas l'être. J'ai confiance en ma femme, je la crois incapable de me tromper. Ainsi, tiens : le receveur général de l'arrondissement a dû l'épouser ; je sais qu'il lui a fait la cour. Toi, tu t'en serais ému, je le parie. M'en vois-tu plus inquiet pour cela ?... (Il s'assied ; chaise à droite, du guéridon.) Certes ! non !...

THIBAUDIER *.

Encore une fois, tu n'as rien à craindre... Ta belle-mère est désagréable ! Le baromètre, mon ami !... Ah ! si tu la voyais changer de caractère, devenir charmante, attentionnée, (Il s'assied.) tu pourrais te dire : J'y suis ! Le receveur général fait la cour à ma femme.

CHAMBRELAN.

Allons donc !

* Th. Ch.

THIBAUDIER. *

C'est ce qui m'est arrivé ! Le jour de la cérémonie, ma femme me parut émue, agitée...

CHAMBRELAN.

La mienne l'était aussi, c'est tout naturel !

THIBAUDIER.

Sans doute; je me disais : Tout s'explique, c'est le mariage, c'est l'inconnu qui l'effraye... L'inconnu !... Ah ! comme je me trompais ! Au bout de quatre mois, mon malheur était de notoriété publique, et je plaidai en séparation... Je gagnai mon procès, et depuis trois mois nous sommes séparés...

CHAMBRELAN.

Ah ! mon pauvre ami!

THIBAUDIER.

Ne me plains pas. Dans le premier moment, je l'avoue, je m'abandonnai au désespoir, mais depuis, j'ai bien changé... j'ai réfléchi, j'ai observé. C'est un mal qui sévit partout. Je ne connais pas une seule femme qui n'ait trompé son mari. Je cherche toujours un ménage parfaitement uni, je ne l'ai pas encore trouvé...

CHAMBRELAN.

Par exemple ! et le mien ?...

THIBAUDIER.

Mon cher ami, tu n'es pas en question : il faut laisser à ta femme le temps moral.

CHAMBRELAN.

Assez, je te prie... ces plaisanteries-là sont de très mauvais goût...

THIBAUDIER.

Je ne plaisante pas... je t'éclaire...

* Ch. Th.

CHAMBRELAN.

Encore !... (Il se lève et passe.) Parlons d'autre chose,
tiens, j'aime mieux cela !...

THIBAUDIER *.

Soit ! (Il se lève.) Parlons de nos anciennes folies...

CHAMBRELAN.

Des tiennes surtout !

THIBAUDIER.

Des nôtres plutôt... Car je pourrais t'en citer beaucoup, et pour ne parler que de ta dernière... la belle
Suzanne, tu sais... Comme elle était charmante !...

CHAMBRELAN.

Oui, mais elle avait la manie de vous écrire... Ce
que j'ai brûlé de ses lettres avant mon mariage !...

THIBAUDIER.

Je l'ai revue dernièrement, elle est encore embel-
lie.

CHAMBRELAN, avant-scène, gauche.

Vraiment ? Tu lui as fait la cour, je parie ?...

THIBAUDIER.

Ma foi, cela m'est bien permis à présent !... puisque
je suis séparé. C'est après-demain sa fête, le 11 août,
la Sainte-Suzanne, je ne sais que lui offrir.

CHAMBRELAN.

Ah ! ah ! tous mes compliments...

THIBAUDIER. **

Tu ne la reconnaîtrais pas... Tiens, j'ai du reste sa
photographie sur moi... elle me l'a envoyée avant-hier
avec cette lettre... vois plutôt...

Il lui montre une carte et garde la lettre.

* Ch. Th.
** Th. rentre et passe.

CHAMBRELAN.

Voyons... (Il la prend.) Toujours charmante, en effet, et une dédicace... Je reconnais bien là sa manie écrivassière... (Il lit.) « *Au plus fidèle de mes adorateurs, Suzanne d'Herblay, 5 août 1876.* » Oh ! oh ! très galant !... (Thibaudier est remonté un peu. Chambrelan apercevant sa femme, met la photographie dans la poche de sa vareuse.) Chut, voici ma femme !...

SCÈNE IV

CHAMBRELAN, THIBAUDIER, MADAME LAUBÉPIN, BLANCHE, JULIE.

BLANCHE, à son mari.

Mon ami, je viens de dire à Joseph de préparer deux gros bouquets de roses, et je prierai monsieur de vouloir bien les offrir de notre part à madame Thibaudier.

THIBAUDIER *.

Vous êtes mille fois trop bonne, madame. et je vous remercie pour ma femme ! Elle aimait beaucoup les roses !...

BLANCHE.

Ne les aimerait-elle plus à présent ?

THIBAUDIER.

Oh ! pardon !... Ce n'est pas cela que je voulais dire, mais elle est souffrante, et je craindrais...

MADAME LAUBÉPIN.

Nous n'insistons pas !

BLANCHE..

Pardonnez-moi mon indiscrétion, monsieur, mais

* C. Th. Bl. Mme Laub.

n'est-ce pas une demoiselle Duruflé que vous avez épousée ?...

THIBAUDIER.

En effet, madame, Berthe Duruflé ; son père était notaire, rue Cassette.

BLANCHE.

Il est mort ?

THIBAUDIER.

Je ne crois pas... C'est-à-dire, du tout. Il se porte très bien.

MADAME LAUBÉPIN, à sa fille.

Si je ne me trompe, madame Thibaudier est une de tes camarades de pension ?

BLANCHE.

Tu peux dire une amie que j'ai perdue de vue depuis notre sortie du couvent; mais nous étions très liées...

CHAMBRELAN, à part.

Tant pis !

BLANCHE.

Nous avions le même caractère, la même étourderie.

CHAMBRELAN, à part.

Diable !...

BLANCHE.

Je suis vraiment enchantée d'apprendre qu'elle est la femme d'un ami de mon mari; elle est plus ancienne que moi en ménage ; elle me donnera de bons conseils.

CHAMBRELAN, à part.

Oh ! non, par exemple !...

BLANCHE.

C'est une femme si charmante !

TRIBAUDIER.

En effet !

BLANCHE.

Un esprit ! un cœur !...

TRIBAUDIER, troublé.

Oui, trop de cœur, trop !... C'est ce qui l'a perdue !

BLANCHE, surprise.

Comment, monsieur ?

TRIBAUDIER, se reprenant.

Non : c'est-à-dire : elle a un anévrisme !

CHAMBRELAN, gauche.

Rien de grave heureusement... (A Julie.) Julie, ma redingote !...

BLANCHE.

Tu sors ?...

C. la droite.

CHAMBRELAN.

Je vais faire visiter nos domaines à Thibaudier.

TRIBAUDIER.

A quelle heure le train pour Paris ?

MADAME LAUBÉPIN, devant la table de droite.

Vous ne restez donc pas à dîner ?...

THIBAUDIER.

Mille remerciements, madame, mais ma femme est souffrante...

MADAME LAUBÉPIN.

C'est juste !

CHAMBRELAN.

Tu as un train à trois heures quarante.

THIBAUDIER.

Très bien !

MADAME LAUBÉPIN, à Julie qui apporte la redingote.

Julie, vous préviendrez Jean de tenir le landau prêt pour le train de Paris.

JULIE.

Bien, madame.

Elle pose sur une chaise la jaquette que lui a donnée Chambrelan et sort.

CHAMBRELAN.

Viens-tu, Thibaudier?

THIBAUDIER.

Je te suis, mon ami... Mesdames... (En sortant, à Chambrelan.) Un cigare, Chambrelan?...

CHAMBRELAN, prenant le cigare et le mettant dans sa poche.

Jamais!... Je ne fume pas, mon ami, ma belle-mère...

Ils sortent.

SCÈNE V

MADAME LAUBÉPIN, MADAME CHAMBRELAN.

BLANCHE *.

Ils sont partis... Nous sommes seules... Si tu savais ce que je viens de découvrir !...

MADAME LAUBÉPIN.

Quoi donc?...

BLANCHE.

En rangeant les effets de mon mari, je viens de trouver cette lettre dans une de ses poches...

MADAME LAUBÉPIN.

Cette lettre?...

* Bl. Laub.

BLANCHE *.

D'une nommée Suzanne...

MADAME LAUBÉPIN.

Est-il possible!...

BLANCHE.

J'ai d'abord cru que mon mari me trompait... mais heureusement cette lettre est datée... tiens, de l'année dernière.

MADAME LAUBÉPIN.

Ah! je respire!

BLANCHE.

C'est égal! Je t'assure que j'ai été toute tremblante... lui qui me jurait qu'il n'avait jamais aimé que moi!

MADAME LAUBÉPIN.

Quant à cela...

BLANCHE.

Et j'étais assez naïve pour le croire!...

MADAME LAUBÉPIN.

Tout ceci n'a rien de grave, heureusement; et [tu n'as pas à demander compte à ton mari de sa conduite passée.

BLANCHE.

N'importe, il m'a trompée, il mérite une leçon!...

MADAME LAUBÉPIN.

Que veux-tu dire?...

BLANCHE, passe à gauche et va à la table.

Je veux lui faire savoir que je ne suis pas dupe de sa petite comédie **.

MADAME LAUBÉPIN, au fond milieu.

A quoi bon? Ton mari ne pense certainement plus

* Blanche va au guéridon.
**Bl. Mme Laub.

à cette Suzanne. Je n'ai pas à défendre mon gendre :
il est léger, brouillon, querelleur ; il a un très mauvais caractère, mais je le crois incapable de songer
seulement à te tromper *.

BLANCHE.

Je l'espère bien, mais n'importe ; c'est précisément
dans deux jours, le 11 août, la Sainte-Suzanne ; je veux
lui écrire un petit mot bien senti que nous mettrons,
tiens, dans cette vareuse... (Elle écrit.) « Mon cher ami,
» vous me dites sans cesse que je suis la seule femme
» que vous ayez jamais aimée ; mais cette lettre que
» j'ai lue... »

MADAME LAUBÉPIN, en prenant la vareuse laisse tomber la
photographie que Chambrelan y a mise.

Ah !...

Elle prend la photographie.

BLANCHE, s'arrêtant.

Quoi donc ?...

MADAME LAUBÉPIN.

Rien, rien !

BLANCHE, allant à elle.

Mais si : Que tiens tu là ? Une photographie ?

MADAME LAUBÉPIN.

Non ! non !...

BLANCHE.

Montre-la moi, je t'en prie !

MADAME LAUBÉPIN.

Du tout !... Te voilà tout émue !...

BLANCHE.

Moins que toi. Tu es toute tremblante, qu'y a-t-il ?

MADAME LAUBÉPIN.

C'est sans doute très simple ; et M. Chambrelan nous
expliquera...

* Bl. Mme Laub.

BLANCHE, prenant la carte.

Un portrait de femme!... Une dédicace!...

MADAME LAUBÉPIN, à part.

Oh! le misérable!...

BLANCHE, lisant.

Au plus fidèle de mes adorateurs!... C'est singulier, je n'y vois plus!

MADAME LAUBÉPIN.

Donne! Je vais lire...

BLANCHE.

Non. C'est impossible!... J'aurai mal lu... signé Suzanne... et datée il y a deux jours... Oh! c'est affreux! C'est affreux!...

Elle tombe en pleurant dans les bras de sa mère.

MADAME LAUBÉPIN.

Calme-toi, mon enfant, calme-toi; essuie tes yeux; ne pleure plus... demain j'irai consulter mon avoué...

Passe à gauche.

BLANCHE *.

Ton avoué?

MADAME LAUBÉPIN.

Certainement! Il nous faut une séparation!

BLANCHE.

Une séparation!... Oh! non, pas cela, maman!...

MADAME LAUBÉPIN.

Comment, pas cela?... Mais s'il te trompe indignemont... S'il te préfère une Suzanne, tu ne peux pas rester avec lui, il faut rompre! il faut une séparation éclatante!...

BLANCHE.

Tu as peut-être raison...

* Mme Laub. Bl.

MADAME LAUBÉPIN.

Laisse-toi guider par ta mère; mais pour que ton mari, pour que mon gendre ne se doute de rien, il est essentiel de cacher notre trouble, notre colère; soyons, comme par le passé, tout à fait charmantes pour lui; nous l'étions suffisamment, nous n'aurons pas grand'-peine à l'être davantage.

BLANCHE.

Oh! c'est affreux, maman, moi qui l'aimais tant!...

MADAME LAUBÉPIN.

Voyons, calme-toi, mon enfant, et prends un visage souriant. Je l'entends! C'est lui! Du courage!...

BLANCHE.

Non. Je ne veux pas le voir! Je ne pourrais pas me contenir...

Elle sort à droite, après avoir mis la lettre dans son corsage.

MADAME LAUBÉPIN, en sortant.

Pauvre enfant!... Et c'est moi qui l'ai mariée à un pareil homme!...

SCÈNE VI

CHAMBRELAN, seul, venant du fond.

J'ai laissé Thibaudier dans la serre... Je tiens à avoir une explication avec madame Laubépin... J'en ai assez de Luzarches... et quant à cette place d'architecte dont elle parle... (Apercevant la lettre commencée par Blanche.) Qu'est-ce que c'est que ça?... l'écriture de ma femme! (Il lit.) « Mon cher ami »... une lettre?... (Il lit.) « Vous me dites sans cesse que je suis la seule femme que vous ayez jamais aimée. » Oh! par exemple, voilà qui est trop fort!... Mais, c'est insensé! comment

2

admettre ?... C'est singulier ! (Il lit.) « Je veux bien vous croire, mais cette lettre que j'ai lue... » Elle s'est arrêtée là... A qui peut-elle bien écrire ? (Il se lève.) C'est sans doute très simple... Je suis sûr qu'elle pourrait m'expliquer facilement... Cependant, il n'est pas d'usage d'écrire en ces termes à quelqu'un d'indifférent... et pas d'adresse, rien !... oh ! je vais l'interroger, savoir... Non ! ce serait trop ridicule... il vaut mieux ne rien laisser paraître... Cette lettre dont elle parle... quelqu'un lui aurait donc écrit ? Le receveur général... Peut-être ?... Je le saurai... (Apercevant madame Laubépin qui vient de droite.) Ma belle-mère !... (Il cache la lettre.) Quelle idée !... Si Thibaudier a dit vrai, si le caractère de la belle-mère est un indice certain, je vais être fixé ; essayons !...

SCÈNE VII

CHAMBRELAN, MADAME LAUBÉPIN.

MADAME LAUBÉPIN, à part au devant de la table, droite.

Comme le désordre et la débauche sont peints sur son visage !

CHAMBRELAN, à part av. scène gauche.

Elle a l'air plus désagréable que de coutume... Allons, je suis plus tranquille...

MADAME LAUBÉPIN.

Ah ! c'est vous, mon gendre ?...

CHAMBRELAN.

Mon Dieu, oui, je venais... J'avais pensé... certain projet que je médite...

MADAME LAUBÉPIN.

Je vous écoute...

Elle s'assied.

CHAMBRELAN.

Voici : Sans doute, Luzarches est une ville très agréable, l'été... l'été surtout...

MADAME LAUBÉPIN.

L'hiver aussi.

CHAMBRELAN.

Certes... l'hiver... mais enfin vous avouerez bien... pour une jeune femme... les distractions...

MADAME LAUBÉPIN.

Les distractions ne manquent pas...

CHAMBRELAN.

Non ! (A part.) Abordons franchement la question... (Il prend une chaise volante de gauche. — Haut.) Cette place d'architecte dont vous m'avez parlé...

Il s'assied au milieu *.

MADAME LAUBÉPIN, à part.

Nous y voilà !

CHAMBRELAN.

Mon Dieu ! Elle est sans doute très honorable...

MADAME LAUBÉPIN.

Et lucrative...

CHAMBRELAN.

Et lucrative. Mais vivre éternellement à Luzarches, c'est monotone, je le sens bien, je ne pourrai pas m'y habituer. (A part.) Voyons l'effet...

MADAME LAUBÉPIN, à part.

Ménageons-le jusqu'à ce que j'aie vu mon avoué. (Haut.) N'est-ce que cela, mon gendre ?... Mais du moment que cette place ne vous convient pas, n'en parlons plus !

* Ch. Mme L.

CHAMBRELAN, surpris.

Hein ?... Vous dites ?

MADAME LAUBÉPIN.

Je dis que puisque cette position ne vous est pas agréable, nous chercherons autre chose.

CHAMBRELAN, à part.

Ah ! bah ! Elle est de mon avis !...

MADAME LAUBÉPIN.

Avec votre savoir, votre talent, vous ne manquerez pas de trouver ailleurs une position aussi belle.

CHAMBRELAN.

Oh ! vous me flattez !...

MADAME LAUBÉPIN, à part.

Du tout. (A part.) Ne laissons rien paraître.

CHAMBRELAN.

Justement, belle maman, puisque vous êtes en si bonne disposition, j'en profiterai pour vous annoncer que l'on m'offre une place d'ingénieur à Paris.

MADAME LAUBÉPIN, à part.

C'est cela, il veut retourner près de cette femme... (Haut.) Une place à Paris !... Mais c'est merveilleux : il faut se hâter de la prendre !

CHAMBRELAN, très inquiet.

Ah ça ! mais on m'a changé ma belle-mère ! (Haut.) Ainsi, vous me conseillez...

MADAME LAUBÉPIN.

D'agir au plus vite !... La place n'aurait qu'à vous échapper !

CHAMBRELAN.

Mais vous ?

MADAME LAUBÉPIN.

Je resterai ici... N'est-ce pas le devoir d'une belle-mère de se sacrifier pour ses enfants... pour son gendre surtout ! (A part.) Misérable !...

CHAMBRELAN.

Je croyais que vous ne vouliez pas quitter votre fille... hier encore ?

MADAME LAUBÉPIN.

J'ai réfléchi depuis hier... Je reconnais qu'il ne faut pas qu'une belle-mère reste avec ses enfants.

CHAMBRELAN, à part.

Ah ça ! suis-je bien éveillé ?...

Il se lève.

MADAME LAUBÉPIN, avec ironie.

Et puis je sais que ma fille est en bonnes mains, que vous l'aimez...

CHAMBRELAN.

Ah ! cela, oui !...

MADAME LAUBÉPIN, id., se lève.

Et que vous êtes incapable de la rendre malheureuse... de la... la tromper...

CHAMBRELAN.

Moi?... Oh ! grands Dieux ! Jamais !...

MADAME LAUBÉPIN, à part. *

C'est trop d'effronterie ! (Haut.) Je suis donc bien tranquille, et dans deux mois, quand je vous verrai partir pour Paris, ce sera sans inquiétude...

CHAMBRELAN.

Oh ! dans deux mois?...

MADAME LAUBÉPIN, remontant.

N'est-ce pas ce qui est convenu entre nous ?... Maintenant, s'il était utile pour vous de partir plus tôt...

* Ch. Mme L.

2.

CHAMBRELAN.

Nullement ! Nullement !... (A part.) C'est singulier,
ce changement subit !... Je me sens tout drôle... Oh !
nous allons bien voir... et le cigare de Thibaudier...
(Haut.) Alors c'est entendu, belle maman, et je vais
dire à Thibaudier que j'accepte sa place.

Il prend le cigare que lui a donné Thibaudier.

MADAME LAUBÉPIN.

Que faites-vous ? vous allez fumer ?...

CHAMBRELAN, à la cheminée.

Sans doute...

MADAME LAUBÉPIN, s'oubliant.

Fumeur, vous !... C'est une plaisanterie !

CHAMBRELAN, à part.

A la bonne heure !

MADAME LAUBÉPIN, s'oubliant.

Vous aviez juré à votre femme de renoncer au tabac ; vous savez bien que cela lui fait mal, que moi-
même je ne puis le souffrir...

CHAMBRELAN, descend en scène *.

C'est vrai, mais ce sont là de ces serments que l'on
fait toujours et que l'on ne tient jamais !

MADAME LAUBÉPIN.

Oh ! c'est trop fort, mon gendre, je ne sais... (A part.)
Contenons-nous !

CHAMBRELAN, à part.

Je respire ! Ma belle-mère est toujours la même.

MADAME LAUBÉPIN.

Après cela, je sais que c'est une habitude qu'il est
très difficile de perdre...

CHAMBRELAN, à part.

Que dit-elle ?

* Ch. Mme L.

MADAME LAUBÉPIN.

Et un ou deux cigares par jour à la rigueur...

CHAMBRELAN.

Un ou deux cigares par jour ! Vous plaisantez... Il faudra bien que Blanche s'habitue au tabac !

MADAME LAUBÉPIN.

Hein ? Comment ?...

CHAMBRELAN.

Je suis un très grand fumeur !

MADAME LAUBÉPIN.

Vous ?...

CHAMBRELAN.

Au cercle, à Paris, j'ai ma réputation...

MADAME LAUBÉPIN.

Au cercle ?... Vous êtes d'un cercle ?

CHAMBRELAN.

Sans doute.

MADAME LAUBÉPIN.

Vous ne l'avez pas dit, monsieur. Il fallait, avant le mariage, m'avouer que vous étiez d'un cercle, que vous ne pouviez pas vous passer de fumer...

CHAMBRELAN, à part.

Allons donc ! Allons donc !...

MADAME LAUBÉPIN, se calmant.

Après tout, j'ai tort. Je sais que tout le monde...

CHAMBRELAN, à part.

Comment, elle se calme !... (Haut.) Certes, j'ai l'habitude d'aller au club tous les soirs.

MADAME LAUBÉPIN.

Tous les soirs ! Tous les soirs !... (Se remettant.) C'est fort bien !...

CHAMBRELAN, se montant.

Encore !... (Haut.) Et je rentre toujours fort tard !

MADAME LAUBÉPIN.

A merveille ! (A part.) Ah ! quel mari ! Ma pauvre fille !...

CHAMBRELAN, à part.

Ah ! je me sens bien mal !... (Haut.) Et je... je joue aussi... (A part.) Ma foi, tant pis !

MADAME LAUBÉPIN.

Vous jouez ?... Ah !

CHAMBRELAN.

Elle ne dit rien !... (Aux cent coups.) Je suis joueur, vous l'avez entendu, j'aime les plaisirs, les spectacles, les bals...

MADAME LAUBÉPIN, suffoquant.

J'entends bien.

CHAMBRELAN.

J'aime à jeter l'argent par les fenêtres, à mener la vie à grandes guides, en un mot, je suis un viveur, vous l'entendez, un viveur !... Votre fille a épousé un viveur !...

MADAME LAUBÉPIN.

Après tout, mon gendre, les viveurs font les meilleurs maris ! (Il marche sur elle qui sort, premier plan, droite.) Ah ! c'est trop fort ! Je n'en puis supporter davantage !

SCÈNE VIII

CHAMBRELAN, seul, tombant sur une chaise.

Ah ! je n'en puis plus !... Mais non... je suis fou !... Quel rapport peut-il y avoir entre le caractère d'une

belle-mère et la vertu de sa fille ? C'est absurde. Thibaudier n'a pas le sens commun avec son baromètre
et ses symptômes !

SCÈNE IX

CHAMBRELAN, BLANCHE.

BLANCHE, entrant.

Oh ! pardon, mon ami, je ne te savais pas là... (A
part.) Comme il est rouge !

CHAMBRELAN.

Je réfléchissais, chère amie, je réfléchissais... (A
part.) Comme elle est pâle !

BLANCHE.

Je te croyais au jardin avec ton ami Thibaudier ?

CHAMBRELAN.

Du tout, du tout !... (A part.) Il faut absolument que
je sache à quoi m'en tenir... (Haut.) Ma chère Blanche,
j'ai à te parler de choses un peu sérieuses.

Il fait passer Blanche devant lui.

BLANCHE *.

Vraiment ?

CHAMBRELAN.

Tu as dû remarquer que depuis notre arrivée ta
mère... Mon Dieu, elle est remplie de bonnes inten-
tions... elle a d'excellentes qualités...

BLANCHE.

Et elle voit juste, elle !

CHAMBRELAN.

Parfaitement ! Elle voit très juste... C'est une qua-
lité... Cependant la vie ici m'est devenue insuppor-

* Bl. Ch.

table. Mon Dieu, chacun a ses defauts ; j'ai sans doute quelques torts...

BLANCHE, soupirant.

Oh ! oui !

CHAMBRELAN, surpris.

Ah ! mettons que j'aie quelques torts...

BLANCHE, à part.

Il va tout m'avouer !

CHAMBRELAN.

Mais ta mère, tu en conviendras, n'a pas un caractère des plus faciles... Elle est parfois très désagréable, et je voulais te proposer de partir demain pour Paris...

BLANCHE, se lève.

Partir pour Paris ! (A part.) Ah ! je comprends. C'est dans deux jours, la Sainte-Suzanne !

CHAMBRELAN, inquiet.

Eh bien ?... Tu ne me réponds pas ?

BLANCHE.

Y pensez-vous... quitter ma mère... la laisser seule ici... Jamais !...

CHAMBRELAN.

Vous tenez donc bien à rester à Luzarches ?...

BLANCHE.

Peut-être...

CHAMBRELAN.

Il faut croire que des motifs bien puissants vous y retiennent, madame !...

BLANCHE.

Ou qu'un intérêt bien vif vous appelle à Paris, monsieur !

CHAMBRELAN.

C'est possible, mais je ne veux pas que vous restiez plus longtemps ici.

BLANCHE.

Et moi, je ne veux pas vous suivre où vous voulez m'entraîner.

CHAMBRELAN.

Nous partirons pourtant demain, j'ai le droit d'emmener ma femme!

BLANCHE.

Et vous useriez de ce droit?

CHAMBRELAN.

Parfaitement!

BLANCHE.

Il ne vous manquerait plus que cela, la violence!...

Elle passe à droite.

CHAMBRELAN.

Ce sont là des phrases...

Il passe à gauche.

BLANCHE. *

Que votre conduite justifie!

CHAMBRELAN.

Cette insistance est singulière!

BLANCHE.

La vôtre ne l'est pas moins!

CHAMBRELAN.

Mon devoir est de vous emmener. Nous partirons!

BLANCHE.

M'arracher à l'affection de ma mère, n'est-ce pas?... mais je vais tout lui dire, elle saura bien empêcher...

CHAMBRELAN.

Votre mère? Elle ne doit plus rien avoir à me refuser... à présent!

* Ch. Bl.

BLANCHE.

C'est ce que nous verrons... Ah! tenez! votre conduite est indigne!... Si j'avais su...

CHAMBRELAN.

Dites tout de suite que vous regrettez de m'avoir
préféré à un autre!...

BLANCHE.

Certes, monsieur! Ce n'est pas lui qui m'aurait traitée
comme vous venez de le faire!

                                                        Elle sort.

CHAMBRELAN.

Ah! c'est le dernier coup! Je n'en puis plus douter
maintenant.

SCÈNE X

CHAMBRELAN, THIBAUDIER.

THIBAUDIER *.

Eh! bien?... Voilà une heure que je t'attends dans
la serre!...

CHAMBRELAN.

Il s'agit bien de serre!... Ah! mon ami, si tu savais...

THIBAUDIER.

Qu'y a-t-il, mon Dieu?

CHAMBRELAN.

Il y a... Il y a... qu'elle est charmante, mon ami!

THIBAUDIER.

Qui ça?... ta femme?...

CHAMBRELAN.

Non! Elle est toute pâle, tout émue... Elle ne me
tutoie même plus!

* Th. Ch.

THIBAUDIER.

Qui? ta belle-mère?

CHAMBRELAN.

Mais non!

THIBAUDIER.

Explique-toi, voyons... (Le considérant.) Mais ces yeux hagards, cette mine effarée... Qu'as-tu donc?...

CHAMBRELAN.

Ce que j'ai?... J'ai que ça y est, mon ami!

THIBAUDIER.

Quoi?...

CHAMBRELAN.

Que tu avais raison!

THIBAUDIER.

Mais encore une fois?...

CHAMBRELAN.

Elle autorise le cigare... Elle me laisse fumer... Elle ne m'a rien dit quand je lui ai avoué que j'étais joueur...

THIBAUDIER.

Ah! bah! Tu joues, toi!...

CHAMBRELAN.

Non; seulement je lui ai dit qu'au cercle...

THIBAUDIER.

Tiens... tu es d'un cercle?...

CHAMBRELAN.

Pas du tout! Seulement, tu comprends... ma belle-mère...

THIBAUDIER.

Ta belle-mère!... Elle est d'un cercle?

3

CHAMBRELAN.

Mais non !

THIBAUDIER.

Quel est ce galimatias ?

CHAMBRELAN.

Le baromètre !... la preuve !...

THIBAUDIER.

Tu as une preuve ?...

CHAMBRELAN.

Non, pas encore... je n'ai qu'un indice.

THIBAUDIER.

Voyons, remets-toi ; du calme !... et explique-toi froidement...

CHAMBRELAN.

Du calme ! Je te trouve superbe, toi... du calme !...

THIBAUDIER *.

Ah ça ! veux-tu me faire entendre que ta femme...

CHAMBRELAN.

Oui...

THIBAUDIER.

Avec le receveur-général ?

CHAMBRELAN.

Je le crains !

THIBAUDIER.

Ah ! mon pauvre ami !... Du reste, je m'en doutais.

CHAMBRELAN.

Comment ?

THIBAUDIER.

Je te l'ai dit : C'est fatal ! Console-toi, c'est un malheur qui arrive à tout le monde !

* Ch. Th.

CHAMBRELAN.

Me consoler?... me consoler?... tu es admirable!

THIBAUDIER.

Mon ami, j'ai bien été trompé, moi!...

CHAMBRELAN.

Oui, mais toi...

Il se lève.

THIBAUDIER.

Moi, c'est avant le mariage, c'est vrai; toi, c'est après un an... Il n'y a pas là de quoi s'enorgueillir...

CHAMBRELAN, avant-scène gauche.

Tu as une drôle de manière de consoler les gens!

THIBAUDIER.

Mieux vaut rire que pleurer!

CHAMBRELAN.

Ah! je n'ai pas ton caractère, moi!

THIBAUDIER.

Je pourrais te citer les plus grands hommes qui tous ont été trompés par leurs femmes... et la garde qui veille aux barrières du Louvre...

CHAMBRELAN.

Ah! tu m'exaspères avec tes comparaisons, et tes raisonnements stupides. Il me faut cette lettre qui me donne une arme contre ce misérable, car il écrit à ma femme, il y a une lettre...

THIBAUDIER.

Parbleu! Il y en a toujours!

CHAMBRELAN.

Ah! mais je le tuerai!

THIBAUDIER.

Voyons, du calme... Voici ces dames...

Il le rejoint.

CHAMBRELAN.

Je serai digne, je te le promets. Mais tu vas voir...
observe ma belle-mère... Tu ne la reconnaîtras pas...
tant elle est charmante à présent.

SCÈNE XI

CHAMBRELAN, THIBAUDIER, MADAME LAUBÉPIN, BLANCHE.

BLANCHE, à sa mère.

Oui, maman, il veut partir pour Paris...

MADAME LAUBÉPIN.

Partir pour Paris!... (A Chambrelan.) Comment, vous
êtes encore ici, mon gendre ?...

CHAMBRELAN.

Mon Dieu, oui !...

THIBAUDIER, à Chambrelan.

Que me disais-tu ?... Je lui trouve toujours l'air aussi
désagréable...

CHAMBRELAN.

Tu vas voir... Oh ! mon malheur est bien certain,
si ton proverbe est vrai...

Il passe au milieu.

THIBAUDIER. *

Infaillible !

CHAMBRELAN.

Belle maman, j'ai à vous parler de choses très sérieuses...

* Th. Ch. Mme L. Bl.

MADAME LAUBÉPIN.

Je vous écoute, mon gendre.

CHAMBRELAN, à Thibaudier.

Elle m'écoute, tu vois... (A madame Laubépin.) Je vous avais promis, belle maman, de rester chez vous à la campagne deux mois entiers.

MADAME LAUBÉPIN.

Eh ! bien, allez-vous revenir sur votre promesse ?

BLANCHE, à part.

Que va-t-il dire ?...

CHAMBRELAN.

Non... mais certaines circonstances que vous savez, m'appellent immédiatement à Paris...

MADAME LAUBÉPIN.

Vraiment ? (A Blanche.) Tu l'entends ?...

BLANCHE, à part.

Oui, la Sainte-Suzanne !...

MADAME LAUBÉPIN.

Hé, bien! nous ne vous retenons pas... Partez, mon gendre, vous êtes libre. Je vous l'ai déjà dit...

CHAMBRELAN, à Thibaudier.

Tu vois... Est-ce assez clair ?...

THIBAUDIER.

En effet, elle consent...

CHAMBRELAN.

Nous partirons donc dès demain !...

MADAME LAUBÉPIN

Vous dites ?

CHAMBRELAN.

Je dis : Nous partirons donc !...

MADAME LAUBÉPIN, se levant.

Voulez-vous me faire entendre par là que vous voulez emmener ma fille ?...

CHAMBRELAN.

Sans doute. Pensez-vous que je veuille la laisser ici ?... (A part.) Avec le receveur général... Merci bien!...

MADAME LAUBÉPIN.

Et vous croyez que je consentirai à ce départ ?

CHAMBRELAN.

Je ne vois pas pourquoi vous vous y opposeriez.

MADAME LAUBÉPIN.

Pourquoi ? Parce que nous sommes aujourd'hui le 9, et qu'après-demain, c'est le 11 août : monsieur, vous l'entendez, le 11 août!...

BLANCHE.

Le 11 août !

CHAMBRELAN.

Le 11 août ?

THIBAUDIER.

Le 11 août ?

CHAMBRELAN.

Qu'est-ce que c'est que ça ?...

BLANCHE, à part.

Il a pâli !...

MADAME LAUBÉPIN.

Et vous croyez que je permettrai que ma fille vous suive, ne l'espérez pas !...

CHAMBRELAN, à part.

Comment ? elle refuse !... (Haut.) Cependant...

MADAME LAUBÉPIN.

Jamais, monsieur, jamais !...

CHAMBRELAN, à part.

Me serais-je trompé?... (Haut.) Permettez...

MADAME LAUBÉPIN.

Il faudra employer la violence, si vous voulez me séparer de mon enfant !...

CHAMBRELAN, à part.

Tiens ! tiens !... mais je renais, moi! (Haut.) La femme doit suivre son mari... et j'ai le droit d'emmener la mienne...

MADAME LAUBÉPIN.

Certainement, nous savons où vous voulez la conduire...

CHAMBRELAN.

A Paris, chez moi, rue Le Peletier... c'est tout simple !...

MADAME LAUBÉPIN.

En effet, afin de pouvoir mener librement votre vie de débauches et de désordres...

CHAMBRELAN, à part.

Décidément, je m'étais trompé... Bravo !

MADAME LAUBÉPIN.

Vous irez au cercle, n'est-il pas vrai?

CHAMBRELAN, joyeux, à part.

Bien ! Très bien !...

MADAME LAUBÉPIN, se montant.

Vous rentrerez tard, vous l'avez dit... .

CHAMBRELAN, même jeu.

Parfait ! parfait !...

MADAME LAUBÉPIN.

Car vous êtes joueur, encore... Il ne vous manquait plus que ce défaut-là !...

CHAMBRELAN, id.

Allons donc !...

MADAME LAUBÉPIN.

Et vous n'avez pas de honte ?... Et vous ne rougis-
sez pas ?...

CHAMBRELAN, à part.

Allez toujours !...

MADAME LAUBÉPIN, éclatant.

Ah ! tenez, votre calme m'exaspère ; vous ne voyez
donc pas que je sais tout... Oui, monsieur, toute votre
conduite !

CHAMBRELAN, réjoui.

A la bonne heure !...

MADAME LAUBÉPIN.

Vous osez sourire encore !... Vous ajoutez l'ironie à
l'insulte !

CHAMBRELAN.

Très bien ! très bien !...

MADAME LAUBÉPIN.

Oh ! c'est trop d'impudence et d'audace ; mais nous
ne nous laisserons pas abuser par votre masque hypo-
crite... Voulez-vous que je vous dise, mon gendre, vous
n'êtes qu'un misérable !...

CHAMBRELAN, se jetant dans ses bras.

Ah ! que je vous embrasse pour ce mot-là !

MADAME LAUBÉPIN, le repoussant.

Ah ! J'étouffe !... je suffoque !...

BLANCHE.

C'est trop d'émotion... Je n'en puis supporter davantage...

Elle s'évanouit.

CHAMBRELAN.

Allons ! bien !... Ma femme qui se trouve mal !...

MADAME LAUBÉPIN.

Voilà votre ouvrage, monsieur, elle n'a pu supporter l'horreur de cette scène... Ah! ma pauvre enfant!...
Vite, un flacon de sels... Julie... Julie!...

Elle sort en courant deuxième plan, droite.

THIBAUDIER.

Un peu d'eau seulement !...

Il sort par le fond.

SCÈNE XII

CHAMBRELAN, BLANCHE.

CHAMBRELAN.

Allons! ma petite Blanche, reviens à toi !... C'est
qu'elle s'est évanouie pour tout de bon. Nous resterons
ici... es-tu contente? (Il dégrafe le corsage et trouve la lettre.) Que vois-je?... la lettre dans son corsage... (Il la
sort.) Oui, c'était donc vrai?... Ah! la perfide!... (Il va
pour la lire.) Oh! c'est trop d'émotion!

Il tombe dans un fauteuil de gauche.

SCÈNE XIII

CHAMBRELAN, THIBAUDIER, MADAME
LAUBÉPIN, BLANCHE, puis JULIE.

MADAME LAUBÉPIN.

Voici le flacon de sels...

THIBAUDIER, avec une carafe.

Voici un peu d'eau !...

3.

MADAME LAUBÉPIN.

C'est inutile !

THIBAUDIER, apercevant Chambrelan.

Hé ! bien, il se trouve mal à son tour, lui aussi ?...

Il lui jette de l'eau à la figure.

CHAMBRELAN, se levant.

Hé ! bien, non... il faut que j'en aie le cœur net !...

BLANCHE *.

Que dit-il ?...

CHAMBRELAN.

Voyons, Blanche ! Dis-moi que tu ne connais pas ce receveur général...

BLANCHE.

Le receveur général ?...

CHAMBRELAN.

Dis-moi que tu as été entraînée, séduite, mais qu'il n'est rien pour toi, que tu ne l'aimes pas, que tu ne l'as jamais aimé...

BLANCHE.

Qui ça ?...

CHAMBRELAN.

Le receveur général !

BLANCHE.

Moi, aimer le... Ah ! mon ami !...

CHAMBRELAN.

Cependant il t'a écrit... J'ai sa lettre !

BLANCHE.

Sa lettre ?...

CHAMBRELAN.

Celle de ton corsage...

* Th. Ch. Bl. Mme L.

BLANCHE.

Ah ! c'est de cette lettre qu'il s'agit ?...

CHAMBRELAN.

Elle s'est troublée... Voyons, explique-moi... Justi-
fie-toi !

BLANCHE.

Me justifier ?...

MADAME LAUBÉPIN.

Mais si quelqu'un doit se justifier ici, c'est vous !...

CHAMBRELAN.

Moi ?...

BLANCHE, pleurant.

Si quelqu'un, monsieur, a besoin d'indulgence, c'est
vous !...

CHAMBRELAN.

Moi ?...

MADAME LAUBÉPIN.

Le seul coupable, c'est vous !...

CHAMBRELAN.

Moi ! Elle est trop forte, par exemple !... D'après
cette lettre...

BLANCHE.

Lisez donc !...

MADAME LAUBÉPIN.

Oui, si vous l'osez !...

CHAMBRELAN.

Voyons donc, pour vous confondre... (Il tire la lettre
de sa poche et lit.) « Mon cher, Henri bien-aimé... »
Qu'est-ce que c'est que ça ?...

MADAME LAUBÉPIN.

Il est inutile de feindre... c'est la lettre d'une de
vos maîtresses !...

BLANCHE.

Signée, Suzanne...

THIBAUDIER.

Suzanne !... Ah ! c'est...

CHAMBRELAN.

Quand je disais qu'elle écrivait trop !...

MADAME LAUBÉPIN.

Oh ! tu l'entends, ma fille, il avoue...

CHAMBRELAN.

Sans doute ! Mais il n'y a pas là de quoi faire tant de bruit... Ces amours-là sont permises aux hommes.

BLANCHE.

Oh !...

CHAMBRELAN.

Et je ne connais pas un seul mari qui n'ait été dans ce cas-là !

MADAME LAUBÉPIN.

M. Laubépin ne m'a jamais trompée, monsieur.

CHAMBRELAN.

Cela n'est pas sûr; mais moi je ne trompe pas non plus ma femme. Voulez-vous jeter les yeux sur cette lettre et voir un peu la date, ma chère belle-mère...

MADAME LAUBÉPIN.

8 juillet 1875... nous le savons !

CHAMBRELAN.

Eh ! bien, l'année passée j'étais encore garçon.

MADAME LAUBÉPIN.

Oui, mais cette photographie ?...

THIBAUDIER.

Elle est à moi !

BLANCHE.

A vous ?... C'est impossible !

THIBAUDIER, passant *.

C'est la vérité, madame, et le preuve, la voici !
(Il lui montre la lettre de Suzanne.) L'enveloppe !...Voyez...
la même écriture... « A monsieur Thibaudier... » lisez... lisez... je vous en prie !...

MADAME LAUBÉPIN, après avoir lu.

En effet, la même écriture...

THIBAUDIER.

Vous voyez... Votre mari n'est pas coupable !

BLANCHE, d'un ton de reproche.

Oh ! monsieur !...

THIBAUDIER.

Quoi donc?...

BLANCHE, passant.

C'est bien mal !

THIBAUDIER.

Comment ?

BLANCHE.

Tromper ainsi votre femme !...

THIBAUDIER.

Moi tromper?... Ah ! par exemple !

CHAMBRELAN.

Oh ! Thibaudier, c'est bien mal !

THIBAUDIER.

Comment, lui aussi !...

BLANCHE.

Cette chère Berthe !... Comme elle souffrirait, si elle
apprenait jamais... Ah ! je m'en rends bien compte....

Ch.Th.Bl.ML.

THIBAUDIER.

Comment ?... Vous croyez que... mais au contraire c'est...

CHAMBRELAN, l'interrompant.

Hum ! Tu vas manquer le train de trois heures quarante.

THIBAUDIER.

C'est juste ! il est inutile de dire cela.

BLANCHE.

Au moins, vous brûlerez cette photographie et vous demanderez pardon à votre femme !...

THIBAUDIER.

Ah ! il faut encore que...

BLANCHE.

Vous lui devez bien cela !...

MADAME LAUBÉPIN.

Ma fille a raison, monsieur, vous le lui devez bien !

THIBAUDIER.

Certainement, je lui dois beaucoup !

JULIE, entrant.

La voiture est prête !...

THIBAUDIER, prenant congé *.

Ah ! mesdames...

CHAMBRELAN, à Blanche.

Me pardonnes-tu d'avoir pu te soupçonner ?...

BLANCHE.

De grand cœur ! Nous ne sommes pas plus coupables l'un que l'autre...

CHAMBRELAN.

Heureusement ! (A Thibaudier.) Eh ! bien, tu le vois : cette preuve irréfutable, ce fameux baromètre !...

* Th. Ch. Bl. Mme L.

THIBAUDIER.

Infaillible ! mon ami, je le maintiens !

CHAMBRELAN.

Oh ! permets cependant...

THIBAUDIER.

Qu'est-ce que cela prouve ?... L'exception justifie la règle...

CHAMBRELAN.

Décidément, tu n'es qu'un sceptique endurci, qui voit partout des malades là où il n'y a, grâce au ciel, que des gens bien portants...

Il embrasse la main de sa femme.

Rideau.

FIN

Imprimerie générale de Châtillon-sur-Seine. — A. PICHAT.

A LA MÊME LIBRAIRIE

IMPRIMERIE GÉNÉRALE DE CHÂTILLON-SUR-SEINE, A. PICHAT.